AF401875

FRÈRE BONAVENTURE,

ET

LA BELLE ANGÉLIQUE,

MARCHANDE DE POISSONS,

POEME TRAGI-COMIQUE

EN HUIT CHANTS.

Les moines n'étoient pas ce qu'un vain
peuple pense;
Manger et cœtera, désignoit leur science.

PARIS.

==========

1793.

PRÉFACE.

JE fais une préface, j'aurois pu m'en dispenser, mais je veux suivre la mode ; d'ailleurs je ne suis pas fâché de dire à mes lecteurs, (si j'en trouve) que je leur fais un vrai cadeau en mettant au jour un poëme aussi sublime. Je n'aurois osé le faire plutôt, car les sots étoient en trop grand nombre, et les moines si puissans ! que . . . .

L'histoire du frère *Bonaventure* et de la trop vertueuse *Angélique* est vraïe, les originaux existent encore. Quelle ame ne sera attendrie au récit touchant de leurs malheurs ! Que l'amour, quand il est contrarié, cause de tourmens !! . . . Je sais que certains lecteurs qui rient de tout, voudront, malgré moi, trouver du plaisant dans mon poëme, point du tout ; un cœur, fut-il dur, *comme l'ame d'un procureur,* doit s'attendrir. Que de larmes j'ai versé, en retraçant les aventures de mon héros et de ma moderne angélique ! . . .

Ils m'ont si souvent raconté leurs malheurs ;

que je puis me flatter de n'avoir point omis
le plus petit coup de poingt donné ou reçu ;
et voilà comme il faut écrire, quoiqu'en disent
certains auteurs ; je veux que mes lecteurs
n'ignorent rien. Depuis l'illiade, on se plaignoit
avec justice de ne plus voir naître de chefs-
d'œuvres ; eh bien ! j'ai la vanité de croire que
l'on dira de moi : il est venu, il a vaincu,
quel triomphe !!!....

TABLE DES CHAPITRES.

CHANT PREMIER.

cherche; un Jardinier indique le chemin qu'elle a pris; les frères vont à la poursuite du ravisseur. Le capucin se sauve tout bridé.

CHANT VI.

Duel sanglant des deux frères. Oignon succombe; Bonaventure est au désespoir d'avoir fait un fratricide. Angélique lui conseille de fuir en terre étrangère. Ils sortent du bois. Thibaut le fermier les reçoit très bien.

CHANT VII.

Les amans dinent en route. L'auteur retourne à frère Oignon qu'on remporte au couvent où l'on chante une messe en faux bourdon.

Rendez-vous manqués, qui-pro-quo de nuit. Bonaventure couche avec une servante du cabaret; Jacquot veut violer Angélique par méprise, tintamare dans l'Hotelerie.

CHANT VIII

Toute l'Auberge s'assemble. Costume des spectateurs. Jacquot se sauve. Magot prete de l'argent au frere pour payer sa dépence. Les amans partent. Ils arrivent au Mont Jura. Leurs entrée à Genève. Bienfaisanse d'un Traiteur, qui les place tous deux, l'un soufleur et l'autre habilleuse de comédie. Conclusion.

Son pied renverse tout, la chambre est une mer;
Mais rien ne le dérange, il braveroit l'enfer. &c.

Blanchard sc.

FRÈRE BONAVENTURE,

ET

LA BELLE ANGÉLIQUE,

MARCHANDE DE POISSONS.

POEME TRAGI-COMIQUE

EN HUIT CHANTS.

CHANT PREMIER.

Introduction. Portrait des ci-devant moines; le démon de la paillardise s'empare du frère Bonaventure; portrait de ce frère-lai. Il viole Angélique, elle lui pardonne; il l'emmène incognito, dans son couvent.

ILLUSTRE Quinze-vingt, grand et divin *Homère!*
De ton génie ardent, que le flambeau m'éclaire;
Il me faut ton secours pour ne point m'égarer.
Prête moi le talent de me faire admirer,
En forçant de bâiller ceux qui me voudront lire;
Je ne veux que ce don, c'est le seul où j'aspire.
A tous nos soi-disans académiciens,

Du Parnasse français dix fois quatre soutiens ,
Tu donna ce secret , et n'en fus point avare ;
Fais-moi briller comme eux , dans un stile barbare ;

Que tous les sots pédants , tous nos savans en *us* ,
Elèvent jusqu'aux cieux mon ennuieux phœbus ; J
Que cent in-folios , imprimés à ma gloire ,
Me conduisent tout droit au temple de mémoire ;
Enfin , que ces grimauds , dans mes vers imparfaits ,
Découvrant plus d'esprit , que je n'en eûs jamais ,
Peut-être au fond du coeur , fiers de si reconnaître ,
Répètent en chorus... Ah !.. Voilà notre maître !..

Quelques lustres avant la révolution ,
Quel ordre présumait son abolition !
Dans la sécurité , nos pieux cénobites ,
Nous conduisoient au ciel avec des croix bénites ;
Donnoient leur surperflus à qui le demandait ;
Cet heureux tems , depuis plusieurs siècles durait.
Certains décrets , tombant sur eux comme la foudre ,
Les ont , dans un instant , presque réduits en poudre.
On conte qu'ils étaient un peu trop orgueilleux ;
Quant à moi , je suis bon , je ne me plains pas d'eux.

Du tems qu'ils dominaient , une certaine histoire ,
Fit du bruit dans le monde ; elle est facile à croire.
Je vais dans ses détails ici la retracer ,
Car de certains esprits , elle a pu s'effacer.

Je reprens d'un peu haut ; il faut qu'on se transporte
Au tems où leur puissance était encor très-forte ,

Le peuple monacal étoit par-tout en paix ;
Les porte-capuchons vivaient très-satisfaits.
On admirait, chez eux, autour de chaque cloître,
L'olivier de la paix tout étonné d'y croître.
Tous les moines chargés d'un luisant embonpoint,
Buvaient, mangeaient, dormaient et ne querellaient
  point ;
Respectés, adorés par tout ce qui respire,
Sur l'erreur et les sots ils fondaient leur empire ;
Après diner, par fois, ils cuvaient des sermons,
Qui par le plat vulgaire étaient trouvés très-bons.

Ainsi les doux enfans du fougueux Dominique ,
S'endormant sur le sein d'un duvet élastique ,
Méprisant dans leurs coeurs les plaisirs d'ici bas ,
Les faux honneurs du siécle et tous ses vains appas ,
Chaque jour à l'autel se parlaient sans s'entendre ,
Nazonnaient du latin qu'ils ne pouvaient comprendre ,
Détonnaient à ravir un beau *magnificat*,
Et chantaient l'éternel comme on heurle au sabat,

Un démon malfaisant, dans son humeur bisarre ,
Pour troubler leur bonheur s'échappa du tartare,
Fût chez les jacobins, et d'un souffle infernal ,
Infecta l'air serein du séjour monacal.
On nommait ce démon, connu des gens d'église ,
Le diable des paillards , ou de la paillardise.
De sa gueule écumante il lançait un poison
Qui troublait des plus forts l'esprit et la raison.
Il parcourt le couvent vomissant la luxure ,

Et sa victime fût . . . frère Bonaventure,
Jusques sous sa jaquette il souffla d'un venin
Qui fit perdre l'esprit au pauvre jacobin.
Ce venin est un feu qui porte le désordre
Chez les moines, sur-tout les moines de cet ordre.
Frère Bonaventure a le nez aquilain,
L'oeil noir et bien fendu, le regard libertin,
La jambe bien fournie et de larges épaules,
Garans de son talent pour jouer certains rôles,
Le sourcil fort épais, les cheveux très-crépus,
La barbe d'un beau noir, grand, et 30 ans au plus.
Que de titres, grands dieux! pour être en proie au
    diable!..
Aussi fit-il au frère un tour abominable.
Dans les bras du sommeil, des songes sensuels
L'ennivraient, l'accablaient de plaisirs criminels,
Et lui faisaient goûter les voluptés factices,
Qu'on goûte dans les bras de ces jeunes novices
Qui fréquentent les soirs le jardin si vanté,
Asile de l'honneur et de la liberté.
Il voyait, en dormant, les onze mille vierges,
Qui venaient dans son lit lui demander des cierges;
Il aurait bien voulu fournir lui seul à tout,
Il en fallait plus d'un pour en venir à bout.

Mais minuit sonne enfin; frère Bonaventure,
Se réveille en sursaut, tout gonflé de luxure,
Trouve dans ses devoirs une injuste rigueur,
Il se lève en jurant, il est distrait au choeur;

Il fixe ses regards sur des tableaux de saintes
Qui donnent à son cœur de terribles atteintes;
Il voit, par-cy par-là, des seins appétissans,
Arrondis par la main d'artistes excellens;
Des petits anges nuds qui laissaient voir des fesses
Qu'un St.-François-Xavier accablait de caresses,
Et mille autres objets encor plus gracieux,
Embrasèrent son ame en s'offrant à ses yeux.

L'office enfin s'achève; il court à sa cellule,
En fait dix fois le tour, parle haut, gesticule;
Appercevant la bible, il s'en saisit soudain;
En ouvrant le saint livre, il trouva sous sa main
Ce chapitre nommé *cantique des cantiques*,
Ouvrage tout rempli de phrases énergiques;
Il dit en s'écriant: « sublime *Salomon* !
» Toi qui d'un grand royaume as tenu le timon,
» Que ton sort fût heureux, qu'il fût digne d'envie !
» Que n'en puis-je jouir un instant de ma vie !
» Je ne désire point d'être roi comme toi,
» C'est un poste éminent qui n'est pas fait pour moi;
» Je ne demande pas six ou sept cents épouses
» Qui n'ayant qu'un mari seraient toutes jalouses;
» Une me suffirait pour appaiser mon mal;
» Je ne suis point gourmand comme un *provincial*.
» Qu'un tendron de vingt ans auroit pour moi de
» charmes !

A ces mots il soupire, il répand quelques larmes;
Et prenant tout-à-coup un parti violent,

Une heure avant l'aurore il sort de son couvent.

Tel un coursier fougueux , hérissant la crinière ,
Désirant , convoitant la jument poulinière ,
S'arrache à ses liens , brise le ratelier ,
Ecarte d'un pied sur , valets , palefreniers ;
Furieux , écumant d'une amoureuse rage ,
Il bondit , il parcourt les prés du voisinage ,
Et vole comme un trait vers le hennissement ,
Que fait entendre au loin sa fringante jument.
Tel , et bien plus fougueux , est notre bouillant frère ,
Plein du feu qui l'embrâse il fuit le monastère.
» Quel noir démon t'agite ? Où vas-tu malheureux ?
» Contemple ton habit , rappelle-toi tes voeux ;
» Tu juras aux autels de renoncer au monde !
» N'entends-tu pas , méchant , le tonnerre qui gronde ?
» Frémis , car tu seras l'artisan de tes maux ;
» Tes remords à jamais vont être tes boureaux.

Mais il n'entend plus rien , son feu croît et s'anime ,
Dans ses yeux égarés on voit briller le crime ;
Il court en furieux , et plus prompt que le vent ,
Chez celle qui fournit le poisson au couvent.
Il saisit dans ses bras la timide Angélique ,
Qui , sortant de son lit , balayait sa boutique.

On entend tout à coup un fracas plein d'horreur ,
Le ciel lance à la fois la foudre et la terreur ;
Un gros matin aboye , un jeune chat miaule ,

Un joli sansonnet , que chacnn trouvait drôle ;
Après beaucoup d'efforts échappe à sa prison ,
Et va trouver la mort. . . à côté d'un tison.
Des poissons arrivés de la dernière pêche ,
Attendaient les chalands dans des baquets d'eau
    fraiche ;
Son pied renverse tout , la chambre est une mer ;
Mais rien ne le dérange , il braverait l'enfer.

Angélique , semblable à la tendre victime ,
Qui se débat long-tems sous le fer qui l'opprime ,
Fait de puissants efforts , menace de crier ,
Le frère l'en empêche ; elle eut beau supplier ,
Il lui ferme la bouche avec un baiser tendre ;
La fille par malheur fait semblant de lui rendre.

En un silence affreux , le bruit est transformé ,
Le plus fort est vainqueur , le crime est consommé.
Ce crime est un vrai gouffre ; une première chûte
Entraîne la seconde , on roule et l'on culbute ,
Et d'encor en encor dejà l'on est au fond ,
Sans avoir soupçonné qu'il étoit si profond.

Frère Bonaventure en suivant son caprice ,
Tomba dix fois de suite au fond du précipice.
O Dieu des jacobins ! Toi qui fus son appui ,
Quand pourai-je tomber autant de fois que lui !
Une chûte pareille est plus qu'une victoire ;
En servant ses plaisirs elle augmenta sa gloire.

Angélique pardonne à son persécuteur ;
Et l'embrasse à son tour du meilleur de son coeur ;
Quelque fois , pour bien moins , une beauté cruelle ,
Se tait et s'humanise , ainsi que fit la belle ;
La clémence aux bons coeurs est un plaisir si doux ?

Bonaventure , enfin , se jette à ses genoux ,
Et lui jure un amour éternel et sincère ,
La fripone promet de n'être point légère.
Les instans s'écoulaient, il était très-prudent,
Que le frère au plutôt regagnât son couvent.
A n' point le quitter le jacobin l'exhorte ,
Lui dit qu'il a la clef d'une secrète porte ;
Angélique est très-faible , et le moine a trente ans,
Il joint à ses discours des gestes éloquens ;
Peut-on le refuser ? il fallut bien se rendre.
Le tems devenait cher , on ne pouvait attendre ,
L'aurore avoit fait place au plus brillant matin ,
Le soleil faisait peur à notre jacobin.
Mais malgré son éclat , il eut encore l'adresse ,
D'entrer dans son couvent , en cachant sa maîtresse ;
Et traversant , sans bruit , un sombre corridor ,
Il gagna sa cellule avec son cher trésor.

CHANT II.

*La discorde trouble le bonheur de Bonaventure ;
terreur des moines ; le père prieur enlève à son
tour Angélique , veut en jouir , mais.... il ne
peut rien.*

O sexe séducteur ! sexe perfide et traitre !
Que de maux différens tes charmes ont fait naître !
De ce vaste univers tu causas les malheurs ,
Et par toï les humains vivent dans les douleurs !
Ne fis-tu pas , jadis , pécher le premier homme ,
Le forçant , malgré lui , de manger une pomme ?
Depuis ce jour affreux , la mort règne sur nous ,
Le monde , comme on dit , va sans-dessus dessous.
Tu fis , du tems des Grecs , réduire Troye en cendre...
Que de sang aujourd'hui tu vas faire répandre !
Les soupirs amoureux en cris vont se changer.

Notre frère , tranquille au milieu du danger ,
Oubliait dans les bras de sa tendre Angélique,
Les devoirs attachés à l'état monastique ;
Son coeur n'était rempli que de sa passion ,
Et l'amour l'emportait sur la dévotion ;
Les plus ardens transports remplaçaient ses alarmes.
Et sa cellule , enfin , avait pour lui des charmes.

Il préférait son sort, au sort d'un cardinal,
D'un mutphi, d'un évêque et d'un provincial,
Hélas ! il était loin de prévoir la tempête,
Qui, d'instant en instant, se formait sur sa tête ;
La foudre étoit encor dans un nuage épais,
Et semblait se cacher pour mieux lancer ses traits.

Tel un nautonnier, qu'un léger zéphir guide,
Vogue tranquillement sur la plaine liquide ;
L'air pur, le ciel sérein et les vents endormis,
Font qu'il parcourt en paix l'empire de Thétis.
Bientôt sur l'horison il découvre un nuage,
Qui porte dans ses flancs la tempête et l'orage ;
Le nuage s'approche et le ciel s'obscurcit ;
Le pilote est tremblant, le matelot frémit ;
La foudre, les éclairs, les vents, les cris de rage,
Sont les avants-coureurs d'un funeste nauffrage,
Tout présente la mort ; enfin un gouffre affreux,
Engloutit l'équipage, et l'espoir avec eux.

La discorde planant sur ce vaste hémisphère,
Apperçoit, tout-à-coup, l'antique monastère ;
Et son regard perçant vit à travers les toits,
Que notre jacobin, pour combler ses exploits,
Sacrifiait encor, dans les bras d'Angélique,
Au dieu d'amour, devant le grand Saint Dominique.

Aussitôt, secouant ses flambeaux sulphureux,
Elle pousse des cris, des hurlemens affreux.

Le moine le plus fort et le plus intrépide ,
Entendant ce fracas , n'est rien moins qu'un Alcide.
Chaque père , en tremblant , demande à son voisin,
» Si c'était un arrêt qui défendait le vin ;
» Si le tonnère avoit brulé le réfectoire ;
» Si le peuple , moins sot , niait le purgatoire ;
» Si , par ordre du pape , on doit leur mettre à bas,
» Ce que , pour la décence , on ne nommera pas,
» Ce qu'aux italiens très-souvent on mutile ,
» Enfin , qui dans un moine est un membre inutile ;
» Mais qui , malgré les loix de leur saint fondateur,
» Leur sert à cultiver la vigne du seigneur.
» Hélas ! dit père André , si ce malheur m'arrive,
» Croyez-vous , mes amis , qu'Alison y survive ?...
» Parbleu , dit père Luc, *quand on n'a plus d'espoir,*
» *La vie est un opprobre , et la mort un devoir.*
» Que je suis malheureux ! s'écria père Allure ,
» Lise ne voudra pas d'un amant en peinture,
» Il faudra malgré moi garder ma chasteté !

Tandis qu'ils étoient tous dans la perplexité ,
On entend soupirer frère Bonaventure ;
Chacun prête l'oreille au trou de sa serrure ,
La trop faible Angélique à son charmant vainqueur
Disoit : « Cher frère , règne à jamais sur mon coeur,
» Viens éteindre en mon sein le feu qui me dévore,
» Viens prouver ton ardeur à celle qui t'adore.
» Je croiois autrefois , je ne le cache pas ,
» Que tout moine abjuroit les plaisir d'ici bas ;

» Qu'il ne pensoit qu'au ciel, à la terre promise,
» Que l'amour sur son cœur n'avoit jamais de prise,
» Dans qu'elle erreur j'étois ! j'ouvre à présent les yeux,
» Un moine, au jeu d'amour, est des plus vigoureux.
» Nos bateliers qui vantent tant leurs forces,
» A de pareils exploits, gagneroient des entorces.

» Notre capuchon est, et fut dans tous les tems,
» Répond le jacobin, l'éteignoir du bon sens ;
» Mais tu fais dans mes bras la douce expérience,
» Qu'il n'éteint pas le feu de la concupiscence.
» La sainte robe dont nous sommes revêtus,
» Pour plaire à votre sexe à des mâles vertus ;
» du grand dieu de cythère elle est la favorite ;
» Les dévotes, sur-tout, connoissent son mérite.
» Et quand leur cœur, par-fois, est dans l'affliction,
» Elle y porte aussi-tôt la consolation.

En finissant ces mots, d'un zèle évangélique,
Le frère veut encor consoler Angélique.
Mais la porte à l'instant s'ouvrant avec fracas,
De ce couple amoureux intéromps les ébats.
Notre galant perdit sa vigueur, son audace ;
Le plaisir à la crainte avoit cédé la place :

Le vieux supérieur, le regard furieux,
Fut le premier objet qui s'offrit à leurs yeux.
La petite Angélique en répandant des larmes ;

Tâche

Tâche , avec ses deux mains , de cacher tous ses
    charmes ;
Dans ses yeux inondés on voyait la terreur ,
Et son front rougissant annonçait sa pudeur.
Sur son nez le vieux père arborant la lunette ,
S'approche des amans , sur-tout de la fillette ;
Les appas dévoilés d'un tendron de vingt-ans ,
Du vieillard décrépit embrasèrent les sens.
Le désordre piquant où se trouvait la fille ,
Enchantait le paillard ; il la trouvait gentille ;
Dans l'ame il désirait être aussi criminel
Que le jeune amoureux pris en péché mortel.
Mais cachant ses désirs sous un dehors sévère ,
Il fronça le sourcil , et dit au jeune frère :
» N'avez-vous point de honte et ne tremblez-vous pas
» Que l'enfer en courroux ne s'ouvre sous vos pas ?
» Vous agissez ici comme un carme lubrique ;
» Avez vous oublié le saint voeu monastique ,
» Ce plus saint de nos voeux, le voeu de chasteté ;
» Qui nous fait renoncer à la lubricité ?
» Un cordelier , un carme ont seuls droit de le rompre.
» Le sexe féminin a donc sut vous corrompre !
» Barbotant dans la fange ainsi qu'un capucin ,
» De la perdition vous suivez le chemin.
» Sortez de la crapule et rentrez en vous même.
» Vous voulez donc sur vous attirer l'anathême ?
» Abjurez votre erreur , Dieu vous pardonnera ,
» Et des griffes du diable il vous délivrera.

B

Puis parlant au tendron : « petit serpent femelle,
» Croyez-vous que ceci soit une bagatelle ?
» Vous apprendrez bientôt qu'un moine sait punir ;
» Votre attentat sera suivi du repentir.

A ces mots effrayans , Angélique recule ,
Et fuit épouvantée au fond de la cellule ;
Mais le malin vieillard lui saisissant la main,
L'entraîna dans sa chambre avec un coeur d'airain ;
Et là , d'un bras vengeur , prenant sa discipline ,
Se prépare à frapper cette beauté divine.
La jeune pécheresse embrassant ses genoux ,
Le suplie, en pleurant , de calmer son courroux.
Une beauté qui pleure , hélas ! a tant de charmes !..
De ses mains le vieillard laissa tomber ses armes,
Il s'attendrit ; il laisse échapper des soupirs ,
Qui prouvaient de son coeur les infâmes désirs.
Le diable , qui toujours , veille à côté d'un moine ,
(Il sait que tôt-ou-tard il est son patrimoine.)
Fit naître , au vieux pénard , des désirs violens ;
Qu'il n'avait pas senti depuis plus de trente ans ;
Les vapeurs de l'amour lui montent à la tête ,
Il dévore des yeux sa tremblante conquête ;
Ses genoux chancelans se dérobent sous lui ,
Et son bon sens , enfin, sortit de son étui.

Il se jette à son tour aux pieds de la pleureuse ,
Lui jure qu'à jamais il veut la rendre heureuse :
La terreur d'Angélique , à ces mots disparaît;

L'amour du suppliant et s'anime et s'accroît ;
Il cherche à l'embrasser ; mais , hélas ! si le titre
De premier d'un couvent et doyen d'un chapitre ,
Est un titre honorable ; il n'a point les vertus
De rendre la vigueur à des membres perclus !...
Il s'apperçut bientôt qu'un doyen à cithère ,
A bien moins de pouvoir que le plus jeune frère.
La honte , le dépit , Angélique et l'amour ,
De son coeur déchiré s'emparaient tour-à-tour.
Il dit , en rougissant, « Mon enfant , ma faiblesse
» Prouve mon trop d'amour , et non pas ma vieillesse.
La belle souriait voyant son embaras ;
Son ame était contente et soupirait tout bas ;
A son charmant vainqueur elle restait fidèle.
Le prieur cependant confondu devant elle ,
Se voyant pris sans verd , s'avisa d'un détour.
» Le ciel veut me punir d'un impudique amour ,
» Dit-il , vas , mon cher coeur , quitte ce monastère ,
» Je vais te faire ouvrir la porte de derriere ;
» Des serviteurs de Dieu , ne trouble plus la paix ,
» Je te pardonne tout , mais ne reviens jamais.

Hélas ! s'attendait-il , en parlant de la sorte ,
Qu'un démon de vengeance était près de sa porte ;
Ce qui s'était passé n'était encore qu'un jeu ,
Bientôt nous allons voir le fer, le sang, le feu.

CHANT III.

Bonaventure , à la tête des frères lais , veut re-
prendre Angélique au prieur. Ils s'arment de divers
instrumens. Les pères tiennent conseil de guerre
dans la cave. Marche , combat sanglant , où
les saints de bois , de pierres , etc. , font des
merveilles.

O divin Apollon! seconde mon délire ;
Ranime dans mon coeur , cette fureur d'écrire ,
Qui me fait barbouiller vingt fois plus de papier ,
Que n'en use en dix ans , le plus gros épicier.
Pour quelque tems encor , accorde moi ta lyre ,
Que sa douce harmonie et m'échauffe et m'inspire.
Il me reste à conter une fuite , un combat ,
Dont plusieurs Jacobins furent sur le grabat.

Accablé sous le poid du tourment qu'il endure ,
Nous avons laissé tout seul frère Bonaventure.
Outré de désespoir , l'oeil gonflé de courroux ,
Comptant sur ses égaux , il fut les trouver tous ,
Et glissant dans leurs coeurs ses transports et sa rage ,
Il sut les exciter à venger son outrage.
« Je suis trahi , dit-il , connoissez mon tourment ,
» Vous savez qu'on m'a fait l'affront le plus sanglant ;

» Notre indigne prieur m'enlève ma maîtresse !....
» Venez , braves amis , la rendre à ma tendresse,
» Aux larmes d'un amant laissez-vous émouvoir ,
» Secondé de vos bras j'espère encor la voir ;
» Mes frères , montrons nous , en sauvant Angélique ,
» Les dignes rejetons du grand Saint-Dominique »
Les frères , à ces mots , coururent au jardin ,
Pour y tenir conseil et s'armer d'un gourdin ;
Un élégant berceau dont l'art et la nature ,
Avaient su décorer un gazon de verdure ,
Sous lequel très-souvent on goutait les bons vins ;
Qu'envoyaient au couvent , d'imbécilles humains ,
Fut mis dans un instant , au niveau de la terre ;
On en prit les débris ; et d'une ardeur guerrière ,
L'escadron bien armé , sans fifre ni tambour ,
Traversa gravement le jardin et la cour.
Le moderne Medor , bravant toute embuscade ,
Plus fier que le dieu Mars , commandoit la brigade ;
Et d'un pas assuré marchait vers le dortoir.
« Vaincre ou mourir , dit-il , voilà tout notre espoir.
» Souffrirons-nous toujours l'ambition des pères ?
» Non , secouons le joug ; secondez-moi , mes frères ,
» Si nous périssons tous en défendant nos droits ,
» Que de notre valeur on parle quelque fois ;
» Que nos exploits fameux couché dans le Mercure ,
» Prouvent qu'un frère lai sait venger une injure. »

Ainsi parlait le frère ; il ne se doutait pas ,
Que les pères , intruits s'assemblaient à grands pas ;

Voulant se consulter sur un cas aussi grave,
Pour n'être point distraits ils choisirent la cave.
Là le père Simon, fort bon prédicateur,
Leur peint dans quel danger se trouve le Prieur.
D'un silence effrayant chaque moine l'écoute ;
Ensuite de grands cris font retentir la voute :
« Comment, permettrons-nous, dirent-ils à la fois,
» Que nos propres valets chez nous donnent des loix !
» De simples frères lais montrer autant d'audace !
» Il faut à ces mutins ne faire aucune grace ;
» Nous ne sommes point gens à souffrir cet échec,
» Ni nous laisser passer la plume par le bec,
» Ne perdons point de tems, courons prendre des
    » armes,
» Remplissons le Couvent de terreurs et d'alarmes ».

Après le fièr arrêt dicté par la fureur,
Par des détours obscurs, ils marchent droit au choeur ;
Et de la Sacristie ayant ouvert la porte,
Chaque soldat tondu prend un meuble et l'emporte.
L'un prend un chandélier, un autre un encensoir.
Celui là d'un missel a soin de se pourvoir ;
Père Jean, plus poltron, craignant les coups de
    gaules,
D'une épaise chasuble entoura ses épaules ;
Les montans d'une armoire après de grands efforts,
Tombèrent en partage aux moines les plus forts
Père André, d'une croix fit une arme offensive,

Et d'un bassin d'offrande une arme déffensive.
Père Eustache , empoignant un gros manche à balai,
Frapait sur le pavé pour en faire l'aissai.

Se voyant tous armés des pieds jusqu'à la tête ,
Des frères révoltés comptant sur la conquête ,
Ils marchaient deux à deux guidés par père Luc ,
Qui par sa grande taille avoit l'air d'un heyduc ,
Il vont droit au dortoir pour deffendre la place.
Bientôt nos champions se virent face-à-face ;
Nul n'osait attaquer , tous étaient indécis ,
Mais le combat , enfin , s'annonce par des cris.

Le vieux supérieur qui préchait Angélique ,
Epouvanté du bruit perdit sa réthorique ,
Mais par un saint effort , ranimant ses esprits ,
Il cacha le tendron derrière un vieux tapis ,
Ensuite l'oeil baissé , le septuagenaire ,
Se montra sur sa porte avec un grand rosaire ;
Et croiant tout calmé , fit un beau sermon ,
Tel qu'Antoine employoit pour chasser le démon ;
Tout ce qu'il débita ne fit que de l'eau claire ,
Chacun des deux partis voulait se satisfaire.

Père Luc courageux comme défunt César ,
Attaqua le premier le gros frère Gaspar.
Frère Bonaventure empoignant père Eugène ,
Par un coup de bâton ensanglanta la scène ;

D'un combat furieux ce sang fut le signal.
Père Miché muni d'un gros cierge pascal,
Fondit comme un lion sur le frère Pacôme ,
Qui tenait sous ses pieds le vieux père Guillaume ,
Le frère cuisinier avec son tranche-lard ,
Coupa le nez d'un moine et le rendit camard ,
Père André s'escrimait et d'estoc et de taille ,
On le voyait toujours au fort de la batille ;
Et père Fortunat avec un encensoir ,
D'un coup chassait un frère au ténébreux manoir.

Le parti d'Angélique était presque en déroute ,
Quand un d'eux , par hasard , sous une antique voûte
Découvrit de vieux saints , un énorme monceau ;
Ils étaient relégués dans cet obscur caveau ,
Comme saints de rebut , les uns étaient de pierre ,
Quelques autres de bois , il s'en trouvait de terre ;
Les saintes et les saints , en tas étaient mêlés ,
Le service et le tems les avaient mutilés ;
Saint-Pierre , n'avait plus que le quart du visage ;
Un Saint-Laurent de bois n'était bon qu'au chauffage ,
Saint-Roch avait perdu son chien et son chapeau ,
Et le grand Saint-François n'avait plus de manteau.
Saint-George étaient à pied , Saint-Martin sans
    monture ,
L'ami de Saint-Antoine avait perdu sa hure ;
Sainte-Cécile avait brisé son clavecin ,
Et n'avait plus qu'un bras et deux doits à la main ;
Il manquait une fesse à Sainte-Pétronille ,

Le bon Saint-Barnabas n'avait plus de béquille.
Enfin les bienheureux fracassés et perclus ,
Faisaient triste figure et l'on n'en parlait plus.
Mais il furent bientôt tirés de la poussière ,
Et le frère Thomas leur fit voir la lumière.
Il appelle à grands cris ses braves compagnons ,
« Venez , mes chers amis , pour le coup nous
        vaincrons ,
» Nous allons, ventre-bleu! leur tailler des croupières,
» Changeons tous nos vieux saints en armes meur-
        trières ,
» Frappons d'un bras vengeur sur nos fiers ennemis ,
» Et que de leurs forfaits ils reçoivent le prix;
» Se venger d'un affront est oeuvre méritoire ».
Les frères , ranimés , chantans déjà victoire ,
Après s'être chargés de ces saints vermoulus ,
Retournèrent au combat en soldats résolus.
Les pères les voyants revenir de la sorte ,
Se tenaient pour battus et fuyaient vers la porte.
Mais le grand père Luc , rougissant de courroux ,
Leur dit : « Quoi ! vous fuyez et redoutez les coups ?
» Nous aurons le dessus ; mais que chacun m'écoute.
» De l'arsenal béni je sais aussi la route ;
» Venez , suivez mes pas , nous les assommerons
» De quelques bienheureux dont nous nous armerons».

Les pères , à ces mots , franchissans les obstacles ,
Furent prendre au caveau , des faiseurs de miracles.

Le vaillant père Amand , muni d'un Saint-Faustin
Mutila le bras droit du frère sacristin.
Bonaventure , avec un grand Saint-Nicodême,
Faisait le moulinet d'une vitesse extrême ,
Et rien ne résistant à l'effort de son bras ,
Il portait l'épouvante et la mort sur ses pas.
Frère Marc ramassant un bras de Sainte-Claire ,
Cassa la jambe droite au bibliotéquaire.
Le gros frère Andouillart avec un Saint-michel ,
Fendit le crâne en trois , au bon père Daniel ,
Et redoublant d'ardeur , plus hardi qu'un croate ,
Au vieux père Silvestre enfonça l'omoplate.
Père Gontrand armé du cerf d'un Saint-Hubert ,
Fit sauter quatre dents au petit-frère Albert.
Que de cris douloureux ! que de côtes brisées !
Le dortoir étoit plein de robes déchirées ;
Plus de vingt capuchons furent mis en lambeaux.

Luc et Bonnaventure , en vaillans généraux ,
A tous les combatans inspiraient leur audace ;
Soutenons , disaient-ils , ne cédons point la place.

Tels au fonds des forêts des lions rugissans ,
Font retentir les bois et frémir les passans ,
En se faisant entr'eux une guerre sanglante ,
Pour voir qui mangera d'une biche mourante.
Tels étaient , à-peu-près , tous nos vaillans soldats ;
Pour avoir Angélique ils bravaient le trépas.

Le plus poltron était devenu téméraire.
Connait-on les dangers quand on est en colère ?
   Cependant le prieur invoquant l'éternel ,
Se mettait à genoux , levait les bras au ciel ,
Faisait tous ses efforts pour appaiser les frères ,
Aucun d'eux n'écoutait ses ferventes prières.
Sans respecter en lui , ni l'âge ni le rang ,
Frère Arnould plus mutin , lui donna dans le flanc ,
Un coup presque mortel , du pied de Saint-Jérôme ,
Mais il en fut vengé par père Chrysostôme ,
Qui , connoissant le frère un très-mauvais sujet ,
Lui créva l'estomac , d'un vieux Saint-Anaclet.

   Pendant tout ce combat , notre pauvre Angélique ,
Tremblait de tout son coeur , regrétait sa boutique ;
Elle invoquait le ciel et le dieu des amans ,
Leur faisait à tous deux les voeux les plus ardents.
Elle disoit tout bas : « Si mon amant succombe ;
» Je veux avant dix ans , le suivre dans la tombe ;
» Oui , cher Bonaventure , un coeur tel que le mien ;
» Jusqu'au fond du tombeau sera toujours le tien ».

CHANT IV.

*La discorde excite de plus en plus les combatans;
père Luc a les yeux crevés du nez d'un Saint
Charles-Boormée : sa rage. Frère Oignon enlève
Angélique pendant la bataille : il part ; un frère
capucin sert de monture à sa belle.*

J E prends le bon parti , je me prépare à rire ,
Des traits que va sur moi décocher la satire ;
Voilà du tems perdu , comme il n'en fut jamais ,
Dira certain lecteur , qui trouve tout mauvais :
» Ce grimaud, sur ses pieds, comme un oison se guinde,
» Pour monter le cheval de l'empereur du pinde ;
» Son poëme m'endort , il me tombe des mains ;
» Ah ! qu'il est ennuieux avec ses jacobins !

　Je réponds qu'ici-bas chacun à sa manie ;
Quant à moi , mon plaisir , si l'on veut , ma folie ,
Est de suivre Apollon , de fabriquer des vers ;
On gravit l'Hélicon par des sentiers divers :
Tout chemin peut conduire au temple de mémoire ,
Plus le pas est glissant et plus l'on a de gloire.
Je ne veux pas rester en aussi beau chemin ,
J'ai commencé ma tâche il faut la mettre à fin.
J'ai conté qu'Angélique invoquait dans son ame ;

Les dieux que tous les jours la détresse reclame;
Que tremblante de peur derrière son tapis,
Pour son amant, déjà, disait *Deprofondis*.
Un seul instant encore laissons couler ses larmes,
Retournons au combat, volons parmi les armes.

La discorde, ce monstre aux longs et noirs tetons,
Excitait la fureur dans les deux bataillons;
Sa main teinte de sang et pleine de couleuvres,
Des battans, des battus dirigeait les manoeuvres.
Ce monstre, comme on sait, n'est pas accoûtumé,
D'éteindre son flambeau quand il est allumé;
Rarement du dieu Mars la fureur se réprime,
Ce dieu sur ses autels veut plus d'une victime;
La chaleur d'un combat cause un aveuglement,
Qui fait que la valeur agit sans jugement;
La victoire aux vaincus d'elle-même est funeste
Et produit bien des maux que le vainqueur déteste.

Les broches, les bâtons, les couteaux et les saints,
Font couler tant de sang que les murs en sont teints.
Dans le fort du combat, le frère chicorée,
Prit dans sa main le nez d'un Charles Borromée,
Et s'approchant de Luc, un des plus courageux,
De deux coups bien adroits, lui crêva les deux yeux.
Que ne puis-je exprimer l'état de notre aveugle!...
Il écume de rage, il crie, il jure, il beugle;
Il frappe, sans y voir, sur ceux de son parti,

Tout tombe sous ses coups , nul n'en est garanti.
On s'apperçut bientôt qu'il n'y voyait plus goûte :
Que de membres de saints , volaient jusqu'à la voûte !
Ce fut là que l'enfer fit voir en abrégé ,
Ce qu'il a de plus noir et de plus enragé.
On eût dit , dès l'instant , que le ciel en colère ,
Voulait noyer de sang l'un et l'autre hémisphère ;
La discorde elle-même , hérissant ses cheveux ,
Pour ramener la paix faisait déjà des voeux.
L'espérance , la peur , à travers la poussière ,
Repassèrent cent fois du père chez le frère ;
Et la victoire errante en ce danger mortel ,
Doutait qui d'eux pourait lui dresser un autel.

Pendant qu'on se chamaille , en voici d'un autre ;
Frère Oignon de tout tems connu pour bon apôtre ,
N'en fit pas à deux fois , et leur joua d'un tour ,
Dont-on parla long-tems dans les lieux d'alentour.
Il aimait Angélique , avait osé lui dire ,
Mais la belle avait rit de son cruel martyr.
Dès l'instant du combat le gaillard profita ,
Et sans être apperçu chez le prieur entra.
Par la corbleu , dit-il , je vais voir ce que j'aime !..
Du tendron , à ces mots , la frayeur fût extrême.

Tel on voit un lapin tremblant aux cris du chien ,
Qui passe près d'un tronc dont-il est citoyen ;
Bien loin de se montrer , il s'enfonce sous terre ,

(31)

Tant il craint de tomber sous la dent meurtrière.
Telle fut Angélique, aux cris de frère Oignon.
« Je ne suis point, dit-il, contre vous, mon tendron;
» Au contraire, je viens pour vous tirer de peine.
» Quoique toujours pour moi vous fûtes inhumaine,
» Je n'ai jamais cessé d'adorer vos attraits;
» Un mot de votre bouche eût rempli mes souhaits,
» Mais, morbleu! pour moi seul vous fûtes insensible,
» Je vis toujours en vous un coeur inaccessible;
» Frère Bonaventure à terminé ses jours,
» (Frère Oignon la trompait pour servir ses amours)
» Ainsi je n'aurai plus de rival à combattre,
» Le fer se trouve chaud hâtons-nous de le battre.
» Ne perdons point de tems, venez, suivez mes pas,
» Allons chercher la paix dans de lointains climats;
» Quittons ces lieux maudits où l'on n'est pas son
        maître;
» Pour gagner le jardin, franchissons la fenêtre;
» Le coin d'un mur rompu qui donne dans les champs,
» Servira de passage à deux parfaits amans;
» Le prieur peut rentrer, songez que le tems presse,
» Ne réfléchissez point car déjà le jour baisse ».

    Dans un morne silence Angélique écoutait,
Et son sensible coeur de soupirs se gonflait;
On Voyait la douleur dans ses yeux pleins de larmes,
La pâleur de la mort ternissait tous ses charmes,
Elle voulait répondre et ne pouvait pas.

« Mon cher amant est mort ! disait-elle tout bas ,

» C'est peu de le pleurer , je veux , je dois le suivre ,

» A ce coeur que je perds , le mien peut-il survivre !

» Ne me retenez pas , dit-elle , à frère Oignon ,

» Le flambeau de mes jours n'est plus qu'un
          lumignon ;

» De mon couteau , je veux achever de l'éteindre.

» Cette chambre n'est pas commode pour vous
          plaindre ,

» Reprit notre gaillard , en arrêtant son bras ,

» On prouve mal qu'on aime en cherchant le trépas.

» Croyez-moi , frère Oignon vaut bien Bonaventure ;

» Sans avoir son grand nez , ses yeux , ni sa figure ,

» J'ai des appas cachés , que vous verrez demain ».

Il l'entraîne à ces mots la tenant par la main ;

Elle résiste un peu , mais c'est de telle sorte ,

Qu'on voit bien qu'elle veut n'être pas la plus forte.

Ensuite se rendant douce comme un agneau ,

Elle saute au jardin plus leste qu'un moineau.

Tous deux en tapinois vont droit à la muraille ,

La franchissent sans peine à travers la broussaille ;

Les voilà dans les champs ; et du funeste enclos ,

S'éloignent à grands pas en lui tournant le dos.

Ayant marchés ensemble environ près d'une heure ,

La belle sanglottait regretant sa demeure.

« Je vais abandonner , peut-être , pour long-tems ;

Ma

» Ma charmante boutique et tous mes bons parents !
» Dit-elle, en regardant du côté de la ville....
» Ma chere, un tel discours devient très-inutile,
» Dit, en l'interrompant, celui qui la conduit;
» Cherchons plutôt un coin pour attendre la nuit.
» Je crois voir à vingt pas une antique masure,
» Courons-y; de ma part ne craignez nulle injure;
» Elle est près d'un couvent d'indignes capucins,
» De tous tems ennemis des sages Jacobins.....
» Je ne dis rien de plus; j'ai tel projet en tête,
» Qui pourra soulager mon aimable conquête;
» Votre sort changera, vous le verrez dans peu,
» Croyez ce que vous dit un serviteur de Dieu.
» Je prétends vous mener au sein de ma famille,
» On vous respectera comme une honnête fille,
» On vous accablera de plaisirs et d'honneurs.
» Sous vos pas vous verrez toujours naître des fleurs;
» Je serai votre époux malgré la pâle envie,
» Et vous adorerai presque toute ma vie.
» Votre honneur, je le sais, par un amour hâtif,
» A reçu, comme on dit, plus d'un coup de canif,
» Mais je veux l'oublier; oubliez-le de même,
» Que votre tems passé soit toujours un problême.

Sa phrase étant finie il lui donne le bras,
Et vers le vieux réduit s'achemine à grand pas.
Ils arrivent enfin; non sans beaucoup peines,
Non sans avoir franchi des buissons par douzaines;

C

Car la peur de se voir suivis des pénaillons ,
Leur donnait à tous deux des aîles aux talons.

Frère Oignon qui craignait une triste aventure ,
Dit : « Je veux me pourvoir d'une bonne monture
» Pour ne point fatiguer l'objet de mon amour ,
» Et m'éloigner bien vite avant le point du jour.
» Réposez-vous , ma chere , au fond de cet asile ,
» Je vous ferai bientôt changer de domicile ».
Il court , après ces mots , vers le couvent voisin ,
Frappe au parloir , parâit un pauvre capucin ,
Et trouvant à la porte , une selle , une bride ,
En affubla le frère ; et sans tarder , le guide
Vers l'antique masure à grands coups de bâton ;
Il rejoignit bientôt son aimable tendron ,
Qui , comme un écuyer , s'empara de la selle ;
Le paillard d'un air fier marchoit à côté d'elle.

On connaît ces tableaux , dessinés mal ou bien ,
Où l'on voit un mari , d'un modeste maintien ,
Un bâton à la main , en longue souquenille ,
Conduisant un baudet chargé de sa famille ;
De peur qu'elle ne tombe au pouvoir d'un tyran ,
Plus noir que Lucifer ; vrai supôt de Satan ?
Eh ! bien , le jacobin avait la même allure ;
Ce tableau , trait pour trait , est peint d'après nature.

Qu'un bien long-tems douteux et long-tems pour-
    suivi ,

Se laisant posséder rend un esprit ravi !
La peine d'acquérir donne le prix aux choses ,
La main qui s'est piquée en chérit plus les roses,
Très-souvent un refus excite les désirs ,
Et les difficultés augmentent les plaisirs.
Frère Oignon triomphait d'enlever Angélique ,
Pour la distraire en route , il chantait... un cantique,
Le capucin trouvant son fardeau trop pesant ,
Bronchait à chaque pas , trottait en rechignant,
Qu'il aurait de bon coeur abandonné la place !
Car la belle pesait bien plus qu'une besace ;
Mais craignant le gourdin du vaillant conducteur,
Il faisait des efforts pour cacher son humeur.
Laissons-les , maintenant , ils sont loin du carnage,
Voyons , des deux partis , lequel a l'avantage.

CHANT V.

*Bonaventure est vainqueur. Il est au désespoir de
ne plus retrouver Angélique, on la cherche ; un
jardinier indique le chemin qu'elle a pris ; les
frères vont à la poursuite du ravisseur. Le capucin
se sauve tout bridé.*

LE dortoir regorgeait de morts et de mourants ;
Et le combat finit faute de combattants.
L'aveuglement de Luc décida la victoire ;
Le grand Bonaventure était couvert de gloire.
Le cœur rempli d'espoir, et le front de lauriers ,
Il court chez le prieur , suivi de ses guerriers ;
Vers le fatal tapis comme un aigle il s'élance ,
Dans l'espoir d'y trouver le prix de sa vaillance.
Mais de quel coup de foudre il se sentit frapper ,
Quand il vit qu'Angélique avait su s'échapper !
Il fixait le pavé dans un silence morne ,
On eut dit que son front s'ombrageait d'une corne ;
Son visage changeait de traits et de couleurs ,
De ses deux yeux sortait un gros torrent de pleurs.

Pour faire ce tableau , sans fatiguer ma muse ,
Qu'on s'imagine voir le jeu de la Méduse.
Tous les frères restaient comme ils étaient rangés ,
Les yeux , la bouche ouverte et les bras alongés.

Le frère cuisinier, qui se traînait à peine,
Ayant reçu deux coups à travers la bedaine,
Fut le premier de tous à se déterminer.
« Comment ! à la douleur, faut-il s'abandonner,
» Quand on peut à ses maux apporter un remède ?
» La belle est au couvent, un traître la possède ;
» Cherchons par-tout, amis, nous la retrouverons ;
» Ne perdons point le tems en lamentations.

Après ces mots il sort, ses compagnons le suivent,
Mais de quel fol espoir ces malheureux s'enivrent !
La jeune infortunée est déjà bien loin d'eux,
L'amant, à tous les saints, faisait envain des vœux.
Il visite la cave et la boulangerie,
Le jardin, les greniers, même l'infirmerie,
Où les moins maltraités, avec de grands efforts,
Emportaient les blessés, les mourants, loin des
    morts.
Ayant envain cherché, sa force l'abandonne,
Son esprit égaré n'écoute plus personne.
« Je veux mourir, dit-il, et mon seul désespoir,
» Suffit pour m'envoyer dans le sombre manoir ;
» Je touche, je le sens, à mon heure dernière,
» Croyez que sans regrets je quitte la lumière ;
» Mes amis, laissez-moi, je suis un malheureux,
» Je fis de vains efforts pour être vertueux,
» Mais l'amour l'emporta, l'infidèle Angélique,
» Me fit oublier net, le bon Saint Dominique.
» Le ciel m'en punit trop, mais croyez... A l'instant

Qu'il allait mettre fin à ce discours touchant,
Un garçon jardinier ayant quitté l'ouvrage,
Au coeur de notre amant vint rendre le courage,
Disant qu'il était sur d'avoir vu frère Oignon,
Traverser le jardin avec précaution,
Conduisant par la main une fille éperdue,
Qu'ils ont escaladé la muraille rompue,
Qu'il n'avait pas osé crier au ravisseur,
Croyant qu'on l'enlevait par ordre du prieur.
Le manant rajouta qu'il étoit inutile,
De chercher les fuyards du côté de la ville,
Que le couple avait pris le chemin opposé,
Pour être, selon lui, beaucoup moins exposé.

Bonaventure, alors, sentant son coeur renaître,
Dit : « mes frères, suivons les traces de ce traitre,
» Il nous a trompé tous, il recevra la mort ;
» Qui m'enlève Angélique a mérité ce sort.
» Des bras de ce coquin retirons ma compagne ;
» La lune doit bientôt éclairer la campagne,
» Excité par la rage, autant que par l'amour,
» Je serai sur leurs pas avant le point du jour.
» Partons, et parcourons des routes différentes ;
» Nous fîmes aujourd'hui des choses étonnantes,
» Nous y mettrons le comble, en privant tour-à-tour,
» Le prieur, d'Angélique, et frère Oignon du jour.

Ayant fini ces mots ; par des chemins contraires,
Notre amant outragé dispersa tous les frères.

Mais notre ravisseur , qui ne s'endormait pas ,
Poussait le capucin plus vite que le pas.
Il était convaincu qu'on irait sur ses traces ,
De ses chers compagnons n'attendant nulles graces ,
Il voulait , au plutôt , s'éloigner du pays.
Pour mieux donner le change à ses fiers ennemis ,
Il lui vint dans l'esprit de prendre une autre route ,
La lune se montrant sous la céleste voûte ,
Rendait les objets clairs ; il vit une forêt ,
Il y tourne ses pas en traînant son bidet :
Arrivé dans le bois , il fit reprendre haleine
Au pauvre capucin qui respirait à peine ;
Là , pour le rafraîchir , il cueillit à tatons ,
Dans l'épaisseur du bois quantité de chardons.

    Tandis qu'il s'occupait à chercher la pâture
De l'animal barbu ; sur un tas de verdure ,
Angélique pleurait , songeant à son malheur ,
Et donnait son amant au diable de bon coeur.
Le capucin saisit cet instant favorable ,
Pour s'échapper des mains d'Oignon l'impitoyable ;
Et marchant doucement vers un certain détour ,
Que l'épaisseur du bois rendait noir comme un four ,
Avec précaution écartant chaque branche ,
Dans deux ou trois instans il fut en terre franche ;
C'est-à-dire qu'il fut loin de son oppresseur.
Se voyant seul et libre , il reprit sa vigueur ;
Et de son attirail se défaisant sans peine ,
Il prit par le plus court pour regagner la plaine.

Laissons-le , quelques tems , trotter vers son couvent,
Sa fuite va produire un autre évènement.

Frère Oignon , de retour , ne trouvant que la belle,
Et n'appercevant plus l'animal porte-selle ,
Se crût trahi , vendu par le jeune tendron :
Il fit un bruit affreux , jura comme un démon ,
« Quoi , morbleu ! vous avez à ce porte - besace ,
» Donné la clef des champs , tandis que je ramasse
» A quelques pas d'ici de quoi le rafraîchir ?
» Par le grand Saint-François , je vais vous en punir;
» Je ne vous ferai pas trop longue période ,
» Pour me venger de vous la place est fort commode ,
» Je veux en profiter.... Tous vos cris seront vains ;
» Depuis assez long-tems mes désirs sont contraints ,
» Vos appas m'ont tenté ; je veux sans violence
» En avoir à l'instant la pleine jouissance.
» Cédez-moi la victoire et ne m'obstinez pas ,
» Si-non vous sentirez la roideur de mon bras :
» Ne faites pas , la belle , ici de résistance.
A peine eût-il fini ces mots pleins d'indécence ,
Qu'il voulût , sans pudeur , la réduire aux abois.
Mais des cris répétés par les échos du bois ,
Lui firent tout-à-coup quitter son entreprise ;
Sans ce bruit qui survint, Angélique étoit prise.
Instruisons le lecteur d'où provenoient ces cris.
Le frère capucin courant vers son logis ,
Trouva sur son chemin frère Bonaventure ,
Lui fit part en deux mots de sa triste aventure ;

J'espère vous venger, dit l'amant en courroux.
Sont-ils bien loin d'ici? Non, à cent pas de nous.
Retirez-vous en paix, ma rage vengeresse,
Va punir dans l'instant l'auteur de ma détresse,
Ah ! que vous ferez bien, reprit le capucin,
Qui sans se détourner poursuivit son chemin.
   Bonaventure alors retroussant sa jaquette,
Laissant derrière lui frère Porte-Barbette,
Prit le chemin du bois qu'il voyait devant lui.
« Je vais donc les revoir! mon malheur est fini,
» Disait-il en courant; je vais tenir ce traitre!
» La force de mon poing va se faire connaître.
» Infâme frère Oignon ! Je frémis sur ton sort,
» La rage est dans mon coeur, c'est l'arrêt de ta mort;
» Je veux faire oublier jusqu'à ton existence ;
» Ce n'est encor pour moi qu'une faible vengeance,
» Si je pouvais dix fois te donner le trépas,
» Tous les saints rassemblés ne te sauveraient pas.
» Je suis au désespoir, mon ame est ulcérée ;
» Tremble, de la forêt, je vois déjà l'entrée.
   Il n'en était alors en effet qu'à vingt pas . . .
De conter si long-tems je me sens un peu las,
Le lecteur voudra bien qu'ici je me repose.
Mais qu'il le veuille ou non il le faut et pour cause.

CHANT VI.

Duel sanglant des deux frères. Oignon succombe ;
Bonaventure est au désespoir d'avoir fait un fra-
tricide. Angélique lui conseille de fuir en terre
étrangère. Ils sortent du bois. Thibaut, le fermier,
les reçoit très-bien.

LE tranquille Morphé, l'empereur des pavots,
M'ayant fait cette nuit goûter un doux repos,
Et l'amant de Daphné conduisant sa voiture,
M'invitent à voler près de Bonaventure.

Abordant la forêt il entendit au loin
Les cris de son amante ; il y répond soudain ;
Et ces cris répétés sauvèrent Angélique
De la fureur d'Oignon, de sa flâmme impudique.
L'amant trahi, courant du côté de la voix,
Eût bientôt traversé le petit coin du bois,
Qui séparait alors la victime du traître.

Que n'ai-je en cet instant la plume d'un grand
    maître,
Pour peindre à l'Univers par des mots bien ronflans,
Les sublimes efforts de nos deux combattans !....
Dès le premier abord, de leurs noires prunelles,

On eût vu s'échapper de vives étincelles.

Notre aimable Angélique en voyant son amant,
De bonne-foi, crût voir un spectre, un revenant;
Mais lorsqu'ils fut plus près, elle vit que le frère
Avait un corps réel et non imaginaire;
Car ayant, d'une main, empoigné frère Oignon,
Au milieu de la nuque au-dessous du chignon,
De l'autre il lui creusa, dans l'excès de sa rage,
Un trou profond d'un pouce au milieu du visage;
Le sang en ruisselait. Frère Oignon, furieux,
Se défendit long-tems d'un bras fort et nerveux;
Mais son antagoniste en le couchant à terre,
Le fit comme un serpent ramper sur la poussière.

La fillette tremblante, en cet instant cruel,
Attendait dans un coin, la fin de ce duel.
Un énorme tronc d'arbre fut à l'un d'eux funeste!
Soit effet du hasard, soit vengeance céleste,
Frère Oignon eût le crâne ouvert en deux endroits..,
Il perdit et sa force et son sang à-la-fois!....
Il ne remuait plus. Frère Bonaventure,
Quoique moine, était bon, humain de sa nature,
Il déplora le sort de son fier compagnon.
« Ah Sainte Trinité!... c'est avoir du guignon,
» Que d'envoyer ainsi mon frère en l'autre monde!..
» Il faut que devant dieu tôt-ou-tard j'en réponde.
» Sa trahison, sans doute, avait dû m'animer.
» *Mais je devais le battre et non pas l'assommer.*

(44)

» Ce n'est pas le moment, reprit notre Angélique,
» D'employer près d'un mort des fleurs de réthorique,
» Eloignons-nous, mon cher, profitons de la nuit,
» Cette avanture-ci pourrait faire du bruit,
» Quelqu'un peut survenir, te surprendre, et
    peut-être ;
» De te sauver alors tu ne serais plus maître.
» Je ne te quitte plus, viens ; et puisque la mort,
» D'un revers de sa faulx n'a pas fini ton sort,
» (Je ne l'espérais pas) je veux que ma tendresse,
» Te fasse, de ce jour, oublier la tristesse.
» Un pays de franchise est assez près de nous,
» Nous y vivrons heureux en dépit des jaloux.
» Laisse-là ton couvent, ton froc et ta moinaille,
» Quand on a du courage et des bras on travaille.
» L'homme fut-il formé pour orner les couvents ?
» Non, il mérite plus à créer des enfans,
» Qui, guidés par la gloire, au printems de leur vie,
» En soldats valeureux défendront leur patrie.
» Un moine boit et dort, s'engraisse à nos dépends,
» Tourmente tous les jours les plus honnêtes gens ;
» Respectés par les sots et méprisés des sages,
» Des moines de nos jours voilà les avantages ;
» Romps pour jamais ces noeuds dont on sut te lier,
» On a plus de plaisir à se multiplier.

» Que vous avez d'esprit, ma chere et toute belle !
» D'un docteur, tout au moins, vous avez la cervelle,
» Reprit Bonaventure ; oui, vous avez raison,

» Fuyons loin de ces lieux crainte de trahison.
» Pour deux parfaits amans Genève est un asile ;
» Nous serons dans deux jours dans cette belle ville ,
» Ne perdons point de tems , cherchons le grand
    chemin ,
» Il n'est pas loin de nous ; nous touchons au matin ,
» Le soleil doit bientôt se montrer sur la terre ,
» Nous marcherons plus ferme aidés de sa lumière ;
» Laissons-là frère Oignon , tantôt on le verra ,
» Dans son couvent peut-être on le remportera.
» Il ne nommera pas l'auteur de son offence ,
» Un moine mort , toujours à gardé le silence.

Ces mots dits , nos amans s'éloignent à grands pas ,
Laissant les jacobins se tirer d'embarras ;
De la forêt bientôt ayant gagné l'issue ,
Ils virent à cent pas une route battue ,
(Car l'aurore déjà montrant le bout du nez ,
Leur faisait distinguer les objets éloignés ,)
Ils y furent en moins de six ou huit minutes ,
Non sans avoir bronchés , sans avoir faits des chûtes ;
Il faut bien avouer ici la vérit é
Nos amans n'étaient pas encore en sûreté ;
Ils ne cheminaient point d'un pas tranquille et ferme ,

Le lever du soleil leur fit voir une ferme ,
Angélique sentant ses deux genoux fléchir ,
Tant pour se reposer que pour se rafraîchir ,
Engagea son amant de vouloir l'y conduire ;

Le frère, quoique las , n'osant la contredire ,
La prit entre ses bras , et d'un air familier ,
Porta son cher fardau chez Thibaut , le fermier ,
Qui les reçut tous deux d'un air plein de franchise.
« Déjeunez avec nous puisque la nappe est mise ,
» Dit-il ; de mes garçons c'est le premier repas ,
» Ils vont aller aux champs ; le vin donne des bras ,
» Ils en boivent avant de se mettre à l'ouvrage ,
» Et labourent ma terre avec plus de courage :
» Pour cette belle enfant , il est un peu matin ,
» Peut-être elle aimera mieux le lait que le vin ,
» On peut la contenter , nous avons du laitage.
» Pour nous , mon révérend , ce pain frais , ce
        fromage ,
» Vous feront trouver bon , le vin qu'on fait chez moi;
» D'offrir tout de bon cœur je me fais une loi.
» Agissez sans façons , point de cérémonie ,
» Quand je suis refusé cela me contrarie.

Après le long discours de l'honnête Thibaut ,
Chacun se mît à table et mangea comme il faut.
Angélique , sur-tout , qui , depuis l'avant-veille
Etait à jeun , mangeait d'une ardeur non-pareille ,
Thibaut , le verre en main , sur la fin du repas ,
Dit à Bonaventure : « où portez-vous vos pas ,
» Mon très-révérend-père ? Allez-vous à la quête ?
» Ou , par un beau sermon , d'un saint chommez
        la fête ?
» A ça , pardonnez-moi si je suis curieux ,

» C'est mon défaut , c'était celui de mes aïeux ;
» Je suis même bavard , je tiens ça de ma mère ,
» Son babil bien souvent fit enrager mon père...
» Mais ils sont morts tous deux , ainsi n'en parlons
    plus ,
» La terre tient leurs corps , et je tiens leurs écus.
» Revenons donc à vous , cette jeune fillette ,
» Dont vous suivez les pas , paraît bien inquiète ?
» Iriez vous par hazard la fourer au couvent ?
» Ma foi , c'est un malheur pour cette belle enfant.
» Avec ces grands yeux noirs cette mine friponne ,
» Ce serait un abus que d'en faire une nonne ,
» A peine elle y serait qu'en poussant des soupirs ,
» Elle regretterait le monde et ses plaisirs.
» Si j'avais une fille et qu'elle eut ce caprice ,
» J'aimerais mieux , ma foi , la forcer d'être actrice ;
» Du moins dans cet état jamais le noir démon ,
» Ne met jeunesse à mal par la tentation.
» Il n'en est pas ainsi chez les religieuses ,
» Il prend dans ses filets jusques aux soeurs quéteuses.

» Non , je voudrais , reprend le frère jacobin ,
» Conduire cette fille à son cousin-germain ,
» Qui fait son domicile à coté de Saint-Claude.
» Quoique nous ayons l'air d'aller à la maraude ,
» Nous n'en sommes pas moins de très-honnêtes gens ;
» Et nous allons à pied étant trop indigens ,
» Pour supporter les frais du coche ou d'un remise ,

» Nous partons de ce pas, que le ciel nous
    conduise !...
» Nous vous remercions de vos honnêtetés ;
» Pour moi je suis confus de vos civilités,
» Je parlerai de vous ce soir dans mes prières.

» Vous êtes, dit Thibaut, le plus digne des pères !..
» Je ne souffrirai pas que cet aimable enfant,
» Fasse par la chaleur un chemin fatiguant,
» Je vais faire atteler, pour vous et la fillette,
» Mes deux chevaux entiers à ma grande charette ;
» Jacquot va vous conduire, il fut bon postillon.
» Et même décoré d'un large médaillon ;
» (On en donnait jadis aux couriers de la poste).
» Jamais ce bon valet n'aurait perdu son poste,
» Il ferait son chemin, s'il n'eut eu le malheur
» De se casser la jambe en menant un seigneur.
» Enfin quoiqu'il en soit on le trouve encor ferme,
» C'est, sans trop le vanter, le meilleur de ma
    ferme ».

Après tous ces propos, dont notre jeune amant
N'écoutait pas un mot, Thibaut fut en courant,
Ordonner de sortir le grand char de la grange,
Soudain on obéit ; et tandis qu'on arrange
Une botte de paille en guise de coussin,
Pour leur sauver un peu les cahos du chemin,
Le fermier bût encore à la santé du frère,
Qui, lui réciproquant, six fois vuida son verre :

Comme

Comme de bons amis , ils s'embrassent tous deux ;
Pour leur prospérité chacun fit de beaux vœux.

Le char enfin s'ébranle , et les chevaux hennissent ;
Des sons aigus du fouet , les échos retentissent.
Le voyageur charmé de quitter son bavard ,
Dans l'espoir d'arriver au gîte un peu moins tard ;
Prend la belle Angélique au milieu de la taille ,
La met légèrement sur la botte de paille ,
Se place à côté d'elle ; et l'obligeant fermier ,
Dit à son domestique , allons fouette courrier.

CHANT VII.

A VEC deux bons chevaux , un conducteur alerte ,
De pays différents on fait la découverte.
Ayant promis pour boire au postillon Jacquot,
Le couple fugitif allait toujours grand trot.
Au milieu de la route ils firent une halte ,
A l'auberge du cerf, bien digne qu'on l'éxalte !
Tant pour les voyageurs que pour les deux bidets,
On eût des soins marqués ; d'éxcellents vins, bons mets,
Un hôte complaisant , une hôtesse polie ,
Servante aux petits soins et sur-tout fort jolie.

Les chevaux reposés , les amans rafraichis ,
Se remirent en route et gagnèrent pays.
Le trio conversant sur diverses matières ,
Approchait de la ville aux belles tabatières ;

(51)

Où des savants tourneurs, font d'excellents sifflets ;
Des cuillères de bois, des jolis bilboquets....
De Saint-Claude, en un mot ; ville que l'on renomme,
Pour travailler le buis ; de Berlin jusqu'à Rome,
On sait rendre justice au mérite éminent,
Des ouvriers fameux de cet endroit charmant.

Nos gens furent loger dans une hotellerie,
Qui porte pour enseigne une vierge marie.
On leur servit d'abord un succulent souper,
Du vin assez passable, attendant le coucher.

Quittons-les quelque tems ; retournons vers les
    frères,
Que nous avons laissés parcourant les bruyères,
Pour trouver le rival de l'amant outragé :
Dans un sombre chagrin chacun était plongé ;
Frère Marc enrageait dans le fond de son ame,
Sur l'amant d'Angélique il jettait tout le blâme.
Il disait en grondant au vieux frère Agapit,
« Nous courons pour un autre au milieu de la nuit !..
» Pour nous casser le cou, je crois que rien ne presse ;
» Retournons au couvent, qu'il cherche sa maîtresse.
» J'ai déjà fait, morbleu. plus de deux cents faux pas.
» Moi, répond Agapit, sur mon Dieu je suis las.
» Vers ce grand bois tâchons de rejoindre les autres,
» Et retournons chacun dire nos patenôtres.

En effet chaque frère en vrai coupe-jarret,

Cherchait le ravisseur autour de la forêt.
Frère Oignon revenant d'un sommeil léthargique,
Poussait des cris plaintifs en nommant Angélique.
Chaque frère entendit sa douloureuse voix ,
Ils coururent à lui de différens endroits.
Jugez de leur frayeur quand ils virent le frère ,
Luttant contre la mort sur un tas de poussière ;
« Tout ravisseur qu'il est , il faut le secourir,
» Dit un des plus humains ». Non laissons-le mourir ,
» Dit un autre ; il est bon de se venger d'un traître ,
» Je vais , en l'achevant , faire un vrai coup de maître.

En effet il allait de son vigoureux bras,
Envoyer tout-à-fait frère Oignon au trépas.
Mais le bon Antonin lui dit : « qu'allez-vous faire ?...
» Ce serait , comme on lit , battre les gens à terre.
» Il est , vous le voyez , sur le bord du cercueil ,
» Si près de son tombeau faisons lui bon accueil ;
» N'allez pas vous charger de faire un fratricide ,
» Le saint que nous servons déteste l'hommicide.
» Emportons , croyez-moi , frère Oignon au couvent
» Il pourra s'y guérir , il sera repentant...
» Oh ! je le suis déjà , dit d'une voix mourante,
» Le frère agonissant ; l'avenir m'épouvante ,
» Et je crois déjà voir monseigneur lucifer ,
» Me montrer de l'index le chemin de l'enfer.
» Reportez-moi chez nous pour que j'aille à confesse ,
» Sur-tout dépêchez-vous , je sens que le tems presse ;

» Il serait malheureux pour moi que le démon ;
» Faute d'un prompt secours, vint me prendre à
   guignon.
» Laissez-vous attendrir , voyez couler mes larmes ;
» Si de ce jour fatal j'ai causé les alarmes ,
» Vous êtes bien vengés !... abrégés mes malheurs ;
» Je sens que je succombe à mes vives douleurs...
Après ces mots touchants le frère rudicrasse ,
Dit à ses compagnons , « il mérite sa grace ;
» Ne perdons point de tems fabriquons un brancard,
» L'état où je le vois ne veut aucun retard.

Chaque frère à l'instant mît la main à la pâte ;
On fit un bon brancard, quoique fait à la hâte ,
On étendit dessus frère Oignon avec soin.
Et chacun du couvent, prit en paix le chemin ;
Où tout était pour lors dans un morne silence.

Frère Oignon du prieur implora la clémence ;
En avouant sa faute , il obtint son pardon ,
Et reçut , qui plus est , sa bénédiction.
Il pardonna de même aux auteurs du désordre ,
Bonaventure seul fut rayé de son ordre.
Pour cimenter la paix dans la sainte maison ,
Le prieur fit chanter la messe en faux bourdon.
En six jours frère Oignon quitta l'infirmerie ,
Car il fut bien soigné pendant sa maladie ;
Et les autres blessés victimes des combats ,

Etans guéris de même en devinrent plus gras.
Tous jurèrent de fuir, filles, femmes et veuves;
Le serment fut gardé; nous en voyons des preuves.
Qu'ils végètent en paix au fond de leur couvent,
Vers nos trois voyageurs retournons promptement.

On leur avait donné des chambres différentes,
Celles des deux amans étaient un peu distantes;
Un taudis ou l'on mit Jacquot le postillon,
En faisait, par malheur, la séparation.
Jacquot avait lorgné Margoton la servante,
Qui ne couchait pas loin; elle était ragoutante,
Il lui fit en deux mots sa déclaration,
Le marché fut conclu sans contestation;
Dans la nuit il devaient se trouver tête-à-tête.
Bonaventure aussi, se faisait une fête,
De visiter sa belle et partager son lit,
Et les deux rendez-vous étaient pris pour minuit.

L'heure sonne, Jacquot se lève avec prudence,
Sort de son galetas dans le plus grand silence,
Cherche à tâtons la chambre où l'attendait Margot;
Mais comme il faisait noir pis que dans un cachot,
En s'égarant, il fit un tour vraiment comique,
Car il fut droit au lit de la belle Angélique;
Qui croyant posséder son charmant jacobin,
Le serra dans ses bras, bénissant son destin.
La belle s'apperçut bientôt de sa méprise,
Car l'odeur de Jacquot tenait peu de l'église;

Elle pousse un grand cri , détâche un gros soufflet ;
Au nocturne amoureux , qui resta stupéfait.
« Par-la morbleu ! dit-il , quoi , c'est donc de la sorte
» Que tu reçois tes gens ? que le diable t'emporte !
» Tiens , si je ne craignais de faire trop de bruit ,
» Tu recevrais , Margot , mille coups dans ton lit.
» Tu m'as donné tantôt rendez-vous dans ta chambre,
» J'y viens tout en risquant de me briser un membre ,
» Et loin d'être reçu comme un garçon de bien ,
» Tu reçois mon amour comme l'on chasse un chien.
» Les gens de mon pays sont connus pour fins merles,
» Je ne suis pas venu pour enfiler des perles ,
» Ainsi prépare toi , fringuante Margoton ,
» A devenir pour moi douce comme un mouton. »

Pendant ce qui-pro-quo , frère Bonaventure ,
Faisait de ses plaisirs d'avance la peinture ;
Il ne s'endormait pas. Au signal de minuit ,
Pas-à-pas de sa chambre il sort à petit bruit.
Mais l'épaisseur de l'ombre , en trompant son attente ,
Le fit aller tout droit ou couchait la servante.
Qui , l'entendant , lui dit : « Est-ce toi mon ami ?
» Viens , ne perds pas de tems , chacun est endormi ;
» Marche légèrement , mon lit est sur la droite ,
» Les draps en sont fort blancs et mon cœur t'y convoite.
Margoton parlait bas , le jeune séducteur ,
Croyant ouïr la voix de l'objet de son cœur ,
Courût vers la couchette on l'attendait la belle ;
Un qui-pro-quo souvent a fait un infidèle.

Le gaillard sans façon se glisse dans les draps ;
Et parcourt de Margot les grassouillets appas.
Mais ceux qu'il caressait étant d'une autre espèce
Que les fermes attraits de sa jeune maîtresse,
Il en fut étonné ; mais en si beau chemin,
Vit-on jamais rester un vaillant jacobin ?
Allons jusques au bout, se dit-il en lui-même,
A changement de mets l'appetit est extrême.
Les preuves de vigueur qu'il fit dans peu d'instans,
Furent interrompus par des cris éclatans.
Margot qui profitait de la douce méprise,
De ce grand tintamare elle-même surprise,
Dit à l'heureux mortel qui supplantait Jaquot,
« Eh ! vite, sauvez-vous, sur-tout ne dites mot.
» Ayant touché d'abord votre peau délicate,
» Je sais bien qu'à Jacquot j'ai fait un trait d'ingrate,
» Mais, grace au ciel, n'ayant que vous seul de
        témoins
» Je crois, selon mon cœur, avoir pêché bien moins.
» Mais si de mon bourgeois ma faiblesse était sue,
» Il me traiterait comme une fille.... perdue ;
» Ainsi prometez-moi de garder le secret,
» Quand vous repasserez vous serez satisfait.
Le frère un peu piqué de quitter la pudique ;
Sortit ; mais dans l'espoir de rejoindre Angélique,
Dont il soupçonnait peu le cruel embarras.
Il quit en sortant augmenter le fracas ;
Et se doutant du fait, s'approcha d'une chambre

(D'on sortait une odeur qui n'imitait point l'ambre ,
Certain vase brisé , de ce qu'il contenait ,
Innondait le parquet de celle qui criait) ,
Comme il n'y voyait goute , il appella l'hôtesse ,
L'hôte et tous les valets , « accourez , le tems presse ,
» On assassine , ou bien on viole quelqu'un ,
» Saisissons le coquin , mettons nous six contre un.
Un certain mouvement redoubla sa surprise ,
Il se sentit heurter par quelqu'un en chemise ;
C'était le postillon qui , craignant tout ce bruit ,
Regagnait à tâtons sa retraite et son lit.

CHANT VIII.

Toute l'auberge s'assemble. Costume des spectateurs.
Jacquot se sauve. Margot prête de l'argent au
frère pour payer sa dépense. Les amans partent;
ils arrivent au Mont-Jura. Leur entrée à Genève.
Bienfaisance d'un traiteur, qui les place tous
deux, l'un soufleur et l'autre habilleuse de
comédie. Conclusion.

D'UNE anguille, dit-on, la principale peine,
Est d'écorcher la queue, et c'est chose certaine.
Pour finir un poëme il n'est pas plus aisé;
Je le dois cependant puisque j'ai commencé.

LE jacobin cria d'une telle manière
Qu'au bout du corridor parut une lumière;
L'aubergiste tremblante, une lampe à la main,
Précédait son mari qui tenoit un gourdin.
Ces époux du vieux tems, chemises voltigeantes,
Montraient sans le vouloir des choses peu tentantes.
Margot, jouant l'effroi, l'instant d'après accourt,
Couverte d'un jupon d'un quart d'aune trop court;
Pour mieux cacher son jeu, d'un costume immodeste,
Paroît aussi Jacquot sans culotte et sans veste;
Son linge, autrefois blanc, répondoit à son cuir;

Le Diable en le voyant n'aurait songé qu'à fuir.
Excepté Margoton, tout être un peu crédule,
Eût pris le Jacobin pour un vrai somnambule.
Le Quinque cependant remis de sa frayeur,
Entra chez Angélique : ô regret ! ô douleur !
Au milieu de la chambre une fille étendue,
Les cheveux en désordre et presque toute nue,
Fut le fatal objet qui frappa tous les yeux ;
Le frère, de douleur, s'arracha les cheveux ;
En voyant Angélique à terre, évanouie,
Et ne remuant plus, il la croyait sans vie ;
Il craignait de changer en lugubres cyprès,
Les myrtes que l'amour pour lui tenoit tout prêts !...
Mais la belle revint à force de vinaigre ;
Et fau.e de bouillon, car c'étoit un jour maigre,
On lui fit avaler un verre de vin vieux,
Qui la remit sur pied en un instant ou deux.
Bonaventure alors banissant la contrainte,
Goûta le doux plaisir qui succède à la crainte.

Chacun voulut savoir la cause du malheur ;
Le postillon Jacquot, du bruit le seul moteur,
Crainte d'être connu fait prudemment retraite,
Et sans être apperçu délogea sans trompette ;
Ayant pris ses habits il fut à ses chevaux,
A la charette il mit les pauvres animaux ,
Sans leur donner l'avoine et sans payer leur gite,
Chez le fermier Thibaut il retourna bien vite.

Revenons à nos gens. Angélique, en deux mots,
Raconta qu'un gaillard qui paraissait dispos,
Dans l'ombre avoit voulu ravir son innocence,
Et pendant son sommeil lui faire violence.
« Mais, grace à mes efforts, le scélérat n'a pu
» Toucher du bout du doigt ma tenace vertu;
» Crainte de ne pouvoir survivre à l'infâmie,
» De voir par un brutal ma chasteté ravie,
» J'ai fait pour me soustraire à ses feux insolens,
» Une telle défense, et tant de mouvemens,
» Qu'il a quitté la place. Il doit porter des preuves,
» Que pour donner des coups mes mains ne sont
            pas neuves ;
» Mes forces cependant ayant trahi mon coeur,
» Quelques instans plus tard il était mon vainqueur.
» Au grand Saint Nicolas j'ai promis un beau cierge,
» Et grace à son secours, je crois être encor vierge.
A part elle adressa ces mots à son amant,
Qui, devant Margoton, n'osait en dire autant.
    Tout étant éclairci, la matinale aurore
Arrosait de ses pleurs les domaines de Flore....
Pour parler rondement, il faisait petit jour,
Déjà l'on entendait les valets dans la cour;
L'hôtesse s'habilla, Margot mit sa cornette,
Le patron du logis fut faire sa toilette,
Bonaventure aussi pour être plus décent,
Retourna dans sa chambre ; où, tout en s'habillant,
Il s'avouait tout bas coupable envers sa belle;

« Dans les bras de Margot je fus un infidèle,
» Disait-il, Angélique était dans les douleurs,
» Tandis qu'un autre objet m'ennivrait de douceurs!
» Je ne mérite pas une pareille amante....
» Ah ! combien à l'instant mon ame est pénitente!...
» Et si pour mon malheur, de cuisans repentirs,
» Etaient les fruits amers de mes cruels plaisirs!..
» Je serais beau garçon!... Bannissons cette crainte,
» Car je crois que Margot d'aucun mal n'est atteinte;
» Elle est encor très-neuve; elle n'a que vingt ans,
» Rarement à cet âge on fait de tels présents,
» Son visage est trop frais, sa chair trop élastique
» Pour posséder le fruit natif de l'Amérique.

Sa toilette étant faite il courut plein d'ardeur,
pour rejoindre Angélique et consoler son coeur;
Mais près de l'aubergiste elle était descendue,
Qui, pour fortifier son ame encor émue,
Lui faisait préparer un peu de chocolat,
Dont l'effet lui rendit le plus brillant éclat.

Le frère la voyant fraîche comme une rose,
De la même boisson voulut prendre une dose;
Il en avait besoin; la gourmande Margot,
(Qui souriait sous cap, allumant un fagot,)
Avoit presque annullé son ardeur amoureuse,
Mais une tasse ou deux la rendit vigoureuse.

Le couple désirait se remettre en chemin,
On appella Jacquot, on fit beaucoup de train;

Mais un valet conta que chevaux et charette,
Depuis une bonne heure avaient fait maison nette :
On fut tout stupéfait de ce départ subit,
Chacun se regardait et restait interdit.
« Oui , c'est ce scélérat , leur dit Bonavanture ,
» Qui causa cette nuit cette triste avanture ;
» Avant que d'en venir à l'éclaircissement ,
» Il a quitté ces lieux ; qu'il a fait prudemment !...
» Car mon bras eût puni son insolente audace ;
» Je le retrouverai , Dieu m'en fera la grace.
» O ! ma chère Augélique , un infâme coquin ,
» A souillé vos appas de sa coupable main !...
» La mienne dans son sang lavera cette offense ;
» Vous savez que mon coeur se plaît à la vengeance.
» Si vous eussiez dormi que n'aurait-il pas fait ?...
» Il n'est plus dans ces lieux ! c'est mon plus grand
        regret.
» Il voulut vous traiter comme un cheval de poste ,
» Je frémis pour son dos si jamais je l'accoste !...

    L'hôtesse interrompant ce discours vigoureux ,
Dit « Jacquot , j'en conviens , est un grand mal-
        heureux ,
» Mais il est décampé sans payer sa dépense ,
» Ainsi vous la devez en bonne concience ,
» Voilà la carte , elle est tout au plus juste prix.
Le frère Jacobin , de plus en plus surpris ,
Très-piqué d'écorner la fortune modique ,
Qu'avec elle emportait la charmante Angélique ,

Marchanda quelques tems , et finit par payer ,
Voyant que son habit ne pouvait l'acquitter ;
Margot du coin de l'oeil fixant sa bourse plate ,
Jugea que la fortune était pour eux ingrate ,
S'avisa d'un beau trait ; à l'instant du départ
Elle attira le frère un moment à l'écart ,
Et lui tint ce discours : « Vous paraissez honnête ,
» Vous m'avez fait plaisir , je me fais une fête
» De vous réciproquer ; mon coeur n'est point ingrat ,
» Vous êtes Jacobin , c'est un fort mince état ,
» Sur-tout pour voyager ; tenez , voici ma bourse ,
» Elle vous servira quelque tems de ressource ,
» Quand on se met en route il faut un peu d'argent ,
» En vous offrant le mien je rends mon coeur content.
» Je n'ai besoin de rien , vêtemens , nourriture ,
» J'ai de tout à souhait ; quelle volupté pure
» D'être , quand on le peut , utile à son prochain !
» Ne perdez pas de tems , mettez-vous en chemin ,
» Péut-être bien qu'un jour vous pourrez me le rendre ,
» Alors sans balancer j'oserai le reprendre ,
» Pour obliger encor un autre voyageur ,
» Qui, comme vous , aüra qulques droits sur mon coeur ;
» Ici tout passager est vu de bonne grace ,
» Quand on m'offre je prends , c'est ainsi que j'amasse.
» Mais quand quelqu'un n'a rien , que je peux l'obliger ,
» C'est le plus grand plaisir que je puisse goûter.
» O fille incomparable ! ô fille généreuse !
» Dit le frère , j'ai cru votre vertu douteuse ,

» A cause de tantôt... Suffit, n'en parlons plus ;
» Par un pareil bienfait tous mes sens sont émus.
» Malgré mon vêtement je suis un honnête homme,
» Je vous ferai tenir avant peu votre somme.
» Tous les dons sont en vous, graces, vertus, beauté,
» Le coeur tendre, et sur-tout la générosité.

Frère Bonaventure en quittant la servante,
L'embrassa dans un coin d'une façon touchante.
Avec son Angélique il partit aussi-tôt,
Ne quittant à regret que la bonne Margot.
Il raconta le trait de cette fille aimable,
Angélique loua son ame secourable.

Ils virent le Jura vers le milieu du jour,
Montagne au moins cent fois plus haute qu'une tour;
D'où l'on peut découvrir la ville de Genève,
Qui de-là vous paraît grosse comme une fève;
L'on y distingue aussi le célèbre Mont-Blanc
Auquel tout voyageur donne le premier rang;
D'où l'on admire enfin ce réservoir de truites,
Ce grand lac dont le Rhône affranchi les limites;
Arrivée à la cime, Angélique en criant,
Lève les bras et dit : Dieu ! que le monde est grand !...

Comme il faut mettre-enfin un terme à leur voyage ;
Je prétends m'épargner le travail d'une page,
En les mettant d'un saut en lieu de sûreté;
Les voilà dans Genève, asyle souhaité.
D'abord le Jacobin troqua sa robe noire

Contre

Contre un habit maron si j'ai bonne mémoire,
Et chez un perruquier il trouva par hasard
Une perruque à bourse, embellie avec art.
Sous son nouveau costume il avait tant de graces
Qu'Angélique aussi-tôt oublia ses disgraces.

Ils furent se loger chez un nommé P..let,
Traiteur fort honnête homme, et sur-tout très-replet:
Il reçut nos amans avec cette franchise,
Cet air affable et gai qui les caractérise.
Il les fit bien souper et boire largement
Pendant qu'on préparait un bel appartement.

Cette première nuit serait fort longue à peindre;
Angélique, entre nous, n'eût pas lieu de s'en plaindre.
Comme deux vrais époux on les avait reçus,
La liberté leur fit user des droits connus.

Le lendemain matin un peu d'inquiétude
Remplaça les plaisirs; certaine incertitude
Sur leur sort à venir les faisait raisonner :
Sans argent peut-on vivre ? Il faut donc en gagner;
Mais... comment ? Eh ! voilà ce qui les embarasse :
Maître P..let montrant sa rubiconde face,
Vint les tirer de peine avec ce long discours :
» J'oserai, mes amis, vous parler sans détours.
» Avez-vous un état ? que prétendez-vous faire ?
» Dites la vérité, parlez-moi sans mystère.
» Nous ne recevons point tous ces gens sans aveux
» Qui fuyent leur pays croyant être ici mieux.

E

» Vous, s'adressant au frère, il faut que je le dise,
» Vous avez le maintien d'un échappé d'église ;
» Si c'est pour abdiquer, certes vous avez tort,
» Car tout homme qui change est méprisé très-fort.
» Pour cette belle enfant je crois qu'elle est victime
» De l'amour ; je le vois dans son oeil qui s'anime.
» Si des parens trop durs vous rendent malheureux,
» Vous avez fort bien fait de vous sauver tous deux.

Frappé de ce sermon, frère Bonaventure,
En deux mots raconta sa dolente aventure ;
L'hôte y prit intérêt, et leur promit d'abord
Qu'il allait s'employer pour embellir leur sort,
Qu'il avait dans sa manche une certaine amie
Qui leur procurerait un sort digne d'envie.
En effet il trouva pour notre ex-jacobin
Un poste très-brillant qui changea son destin ;
Il le fit recevoir... souffleur de comédie ;
Le jeune homme trouva la place très-jolie.
Il lisait à merveille, était intelligent,
Chaque jour les acteurs lui faisaient compliment.
Angélique était douce et très-laborieuse,
On lui fit obtenir... le grade d'habilleuse,
Et voulant se lier d'indissolubles noeuds,
Ils furent à Carrouge (1), on combla tous leurs
    voeux.

---

(1) *Petite ville de Savoye à une demie-lieu de
Genève, où les catholiques se marient aisément.*

Monsieur P..let les aime et les chérit en père.
Il fut choisi par eux pour être leur compère.
Avec économie ils vivent très-contens,
Elèvent avec soin leurs aimables enfans.

Bonaventure apprit avec plaisir le décret rendu contre les moines ; il revint en France, fut s'établir à A...., patrie d'Angélique ; ils y firent une succession. Ils sont encore en bonne santé, et font un gros commerce, leur fille ainée est très-jolie, et doit se marier incessamment ; ils ont retrouvé Margot, l'ont prise à leur service et l'aiment beaucoup. Je les ai vus l'année dernière allant à Lyon.

FIN.

9 782014 074970